EL MICALET GALÀCTIC
bromera

EL MICALET GALÀCTIC

COL·LECCIÓ DIRIGIDA PER JOSEP A. FLUIXÀ

ÚLTIMS TÍTOLS PUBLICATS

69. *Ulisses, el meu gat.* Josep Franco / Enric Solbes
70. *El món subterrani.* Angela Sommer-Bodenburg / Magdalene Hanke-Basfeld
71. *La colla dels cocodrils.* Max von der Grün / Joan Arocas
72. *Com una cabra.* Maria Dolors Pellicer / Josep Ferrer
73. *Bum-bum! El fantasma esvalotat.* Mercé Viana / Felip Baldó
74. *La reina Ataülfa.* Josep A. Fluixà / Antoni Laveda
75. *L'autobús d'aniràs i no tornaràs.* Joan Pla / Kino Garrido
76. *El color del blat.* Eva Dènia / Sebastià Dènia
77. *El taller de l'humor.* Jordi Moreno i Paco Moreno / Kino Garrido
78. *L'Odissea.* Homer. Adaptació de Jesús Cortés / Enric Solbes
79. *Mira quina estrella.* Maria Jesús Bolta / Josep Vicó
80. *De cine, Tereseta!* Josep Gregori / Ferran Boscà
81. *La fada masovera.* Vicent Marçà / Ramon Pla
82. *El País dels Llençols Mullats.* Vicent Pardo / Carlos Ortin
83. *Silvèrius Flautus.* Enric Lluch / Juanjo Cortés
84. *Llegendes del Sol i de la Lluna.* Carles Cano / Paco Giménez
85. *Les vacances de Saïda.* Eva Peydró / Horacio Elena
86. *L'autobús Jordiet i la bruixa Elisenda.* Joan Pla / Kino Garido
87. *Les malifetes de Maria Encarna.* Maria Torres Palau / Toni Cabo
88. *Moby Dick.* Herman Melville. Adaptació de Jesús Cortés / Bauxi
89. *L'Illa de les Foques.* Llucià Vallès / David Enebral
90. *Els acudits de Llorenç.* Llorenç Gimenez / Inés Luz González
91. *La fada dels Somnis.* Mercé Viana / Ramon Pla
92. *Thora i l'anell de la sort.* Pep Castellano / Albert Lucas
93. *L'estiu dels pirates.* Teresa Broseta / Bauxi
94. *Les aventures de Potaconill.* Carles Cano / Paco Giménez
95. *El llapis de Rosalia.* Antón Cortizas / Sebastià Serra

Hi ha unes Propostes Didàctiques, referides a aquest llibre, que els ensenyants poden descarregar-se de manera gratuïta a través d'Internet (www.bromera.com).

Disseny de la col·lecció: *Enric Solbes*
Impressió: *Romanyà - Valls*

1a edició: *novembre, 2003*
ISBN: *84-7660-805-5*
DL: *B-45987-2003*

PAPER ECOLÒGIC
TCF LLIURE DE CLOR

EL MICALET GALÀCTIC

Les aventures de Potaconill

Carles Cano

Il·lustracions de Paco Giménez

A Laura, tan menuda,
i a sa mare Capatxín

A Àfrica

Capítol 1

Allà en l'altra part del món, on el cel i la mar es barregen i confonen, i un no sap mai si nada o vola, allà baix dic, hi havia temps arrere –no sé quant, però supose que molt– una illa, ni massa menuda ni massa gran, on vivien en bona pau i harmonia els conills blancs.

Mirada de banda de la mar, l'illa sols mostrava uns grans penya-segats negres, i enormes i punxeguts esculls que feien que, quan la mar estava embravida, les ones s'estavellaren estrepitosament alçant grans flocs d'escuma que s'esvaïen al moment. Era tot un espectacle per als vaixells que passaven a prop, encara que mai no gosaven acostar-se a aquella illa d'aspecte misteriós i amb les parets negres tan rectes i inaccessibles. Deien els homes que diuen que saben (encara que no sàpien res) que era una illa volcànica i que les negres parets eren formacions basàltiques. Bo, tot i amb això, no ens interessen massa aquests detalls. El que no sabia aquella gentoleta dels vaixells és que, prop de l'escullera de migjorn, on més dolça era la mar, hi havia un forat dissimulat entre l'herbam per on s'entrava a una delectable vall on habitaven els conills.

Dos rierols, que es podien creuar en un bot prenent carretera, feien vinga revolts amunt i avall abastint d'aigua totes aquelles suaus praderies i aquells pendents on creixien les més delitoses i saboroses herbes, lletsons, cama-roges, corretjoles... Així com també d'altres que omplien la vall de floretes i feien arribar la seua flaire fins als nassos més embussats; també hi havia frondosos arbres que a més d'un haurien deixat sorpresos per la seua grandària, ja que no alçaven la copa més enllà de l'alçària d'un home i perquè, a més a més, a molts els naixien els fruits a la soca. Hi havia en l'illa una espècie de xemeneies –tres en total– que llançaven al cel grans columnes de fum. Eren com tres enormes llars que els conills abastien amb llenya per mantindre la temperatura sempre constant. A l'estiu les deixaven descansar; aquestes tres xemeneies, com bé deveu haver suposat, eren tres xicotets volcans ja extingits.

La vall era plena de conilleres comodíssimes i espaioses acotxades amb cotó en pèl i amb el rebost

sempre ple de saborosos menjars. En aquell lloc protegit dels embats de la mar i amb tota mena de necessitats resoltes, es devia viure bé sent conill, deveu pensar vosaltres; doncs bé, no la passaven mal aquelles bèsties de Déu, per bé que, tot s'ha de dir, tenien una sèrie de costums ben estranys.

D'entrada, parlaven un idioma a base de grunys articulats amb la vocal i, ajudats de diversos moviments de les orelles, i, de vegades, de la boca. Encara que els gestos amb la boca sols els feien els conills menys assenyats, ja que no era ben vist ni de bona educació. Així per a dir «Com està vosté?», feien «hiiii!!» i baixaven l'orella dreta, segons es mira de cara a un conill, cosa d'un grau, és a dir, un no res. Ho tenien molt ben calculat, ja que si baixaven més o menys, volia dir una altra cosa. El problema més greu el tenien els farfallosos, que com que les orelles els tremolaven contínuament, calia mossegar-los al coll perquè s'aquietaren. A més d'això caminaven de puntes amb les potes del darrere perquè feia elegant i fi. Deien que si els homes, que són les més sabudes de les bèsties, ho fan, per què no nosaltres! –es deixaven enganyar com caragols aquells beneits conills.

Duien uns peücs fets de fulles tendres, i passats amb flors, de cama-roja els conills i de margarida les conilles, i guants teixits d'herba a les mans. Així, ben polits i estirats anaven trontollant i caent aque-

lla colla de bajoques. De ben menuts ja els ensenyaven a l'escola, i allí estava aprenent a pegar-se bacs el protagonista d'aquesta història: POTACONILL.

Potaconill era un conillet d'allò més espavilat, i prompte s'afartà de les bogeries dels seus congèneres; un bon dia envià a pastar fang peücs i guants, i es posà de quatre grapes, com qualsevol conill de debò de veres. Des d'aleshores començaren a dir-li Potaconill, perquè mostrava les potes, i se li reien i burlaven seguit, ell no en feia cas i anava a la seua, corrent i divertint-se molt més que no els seus estirats companys.

Capítol 2

Era ja la tardor, quan, ningú no sap com ni per què, aparegué un ànec en l'illa. Estava ferit i tenia el plomatge brut de sang. Tots els conills acudiren a veure'l però ningú no gosava tocar-lo per por d'embrutar-se les seues blanques i lluents pells; allà va estar dessagnant-se la pobra bèstia, fins que va arribar Potaconill i se l'emportà, arrossegant-lo, cap a un dels rierols, on li donà a beure, li rentà la ferida i li féu un emplastre amb fulles curatives; l'ànec entreobrí una mica els ulls i tractà de fer un gest d'agraïment, però tornà a perdre el coneixement de tan dèbil com estava.

El conill li féu un recer de fulles i branques, perquè no cabia en cap cau de conills, i estigué cuidant-lo durant quasi dues setmanes, amb prou faenes si pogué traure'l avant!! No sabia què menjaven aquella mena de bèsties, però, provant i amb l'ajut d'una mosca anomenada Picapoc que havia conegut, aconseguiren traure'l del daltabaix i fer que menjara. Tres setmanes més tard ja solcava gràcilment les aigües del rierol.

La mosca, que en poc de temps s'havia fet molt amiga del conill, li digué:

–Si no et fa res, viuré rere la teua orella, això et farà més previngut; a més, jo conec quasi totes les llengües dels animals i et puc servir per a entendre't amb ells.

Arribaren a fer-se molt amics el conill, l'ànec i la mosca traductora i sovint se'ls veia passejar tots tres junts per la vall. Quan l'ànec va estar restablert del tot, els digué (bé, li ho digué a la mosca que era la que sabia d'idiomes) que hauria d'anar-se'n, perquè si no els freds l'enxamparien a mitjan camí i no podria arribar al lloc on anava a fer la hivernada. De bon grat els hauria convidats que anaren amb ell, però els tres no haurien arribat enlloc. Malgrat això, els digué que si volien que fera alguna cosa per ells, que havien estat tan generosos, si més no, podria portar-los al continent que hi havia a les envistes de l'illa, on tantes coses meravelloses passaven.

El conill s'ho pensà una mica i va decidir que sí, que li abelliria anar a un altre lloc, conéixer altres terres, ja que sols coneixia l'illa i estava fart dels estúpids costums que havien agafat els seus semblants.

Ho feren així, després d'unes provetes per tal de veure com li funcionaven les ales amb resultat positiu, van partir cap a altres terres: l'ànec amb el conill damunt i aquest amb la mosca rere l'orella.

En un no res s'enlairaren per sobre les muntanyes que tancaven la vall i una suau brisa a favor els feia més fàcil el camí. El conill estava emocionadíssim, allò era el més divertit que li havia passat mai. Com de xicotets es veien els illots i les naus des d'allí!!!

Potaconill, un curiós de marca major, li feia preguntes i més preguntes, que l'ànec contestava com millor sabia.

–Què són aquelles coses grises que boten fora de l'aigua i tornen a endinsar-se?

–Dofins, són molt alegres i llestos aquests animals, sovint acompanyen els vaixells, diuen que donen bona sort.

–I eixes taques blanques que hi ha damunt del mar?

–Això és l'escuma de les ones, el que passa és que des d'ací no es veu com es mouen i per això semblen taques fixes.

Tot el camí anà fent-li preguntes. La mosca anava tota arraulida i agarrada de ferm al conill que reia sorollosament i balancejava les orelles. Feia cara d'esglaiada, ja que mai de la vida no havia volat a tanta velocitat ni tan alt i procurava traduir com més eficientment podia l'animada conversa dels seus amics, que al capdavall es va convertir en un guirigall inintel·ligible.

Al cap d'una estona de navegació, albiraren terra ferma i aterraren en una platja solitària voltada de palmeres; la pobra mosca amb el cap més rodat que una trompa, caigué a terra redona i li hagueren de fer cosquerelles i pegar-li galtadetes per tal que s'espavilara un poc.

Amb llàgrimes als ulls, s'acomiadaren, ja que a l'ànec encara li quedava molt de camí. Abans d'anar-se'n, però, s'arrancà una ploma de la cua i la donà al conill dient-li:

–Jas, pren, una ploma sempre és una ploma i pot servir per a moltes coses, a més aquesta no és una ploma qualsevol, té certes propietats màgiques que vosaltres mateixos anireu descobrint.

–Espere que ens tornarem a veure prompte.

–Així ho espere jo també.

–Adéu.

–Adéu i gràcies per tot.

L' ànec alçà el vol, i allà damunt la sorra quedaren Potaconill i la mosca orellera que encara estava més marejada que un allioli, mirant com es perdia en l'horitzó aquell punt mòbil que els havia duts fins aquell paratge.

Es mirà de dalt a baix la ploma sense trobar-li res d'especial i sense saber què podria fer amb ella; com era un regal d'un amic, però, es féu un cinyell amb herbes enfiladisses i es col·locà la blanca ploma a la cintura. Quan a Picapoc li passà el mareig es posaren en camí vorejant la platja. Anaven torejant els colps de les ones i sense adonar-se'n arribaren a un lloc on un enorme drac marí, una mica panxut, jeia damunt d'una roca com un fardatxo, de panxa al sol. Taral·lejava una cançó el ritme de la qual portava amb el peu; el conill, com que mai no havia vist res de paregut i ignorava que tinguera enemics, li va demanar tot resolt i en un idioma que fins feia un moment desconeixia:

–Qui és vosté?

–Rebotons! –digué tot sorprés i mosquejat el drac–; és ben evident que sóc un drac de mar!

–I què feu ací?

–Ostres!, es nota que ets nou ací, eh? Si no, sabries que els dracs marins s'assequen al sol per tal de revifar el foc que porten endins i llançar-lo per la boca. De manera que ja ho saps, si no te'n vas prompte, en una alenada et quedaràs més sofregit que un botifarró.

No havia acabat de dir açò últim, quan una gran onada el xopà de cap a peus.

–Oh no! Una altra vegada no! No ho aconseguiré mai –deia entre gemecs llastimosos i duent-se les mans al cap. Semblava una enorme granota aquell pobre drac tot verd i amerat que tirava fum pels nassos.

Potaconill i la mosca arronsaren les espatles, giraren cua i tiraren terra endins, no fóra cosa que entropessaren amb un altre d'aquells dracs que tinguera la caldera preparada.

Mentre caminaven, comentaven meravellats com ara, per art de màgia, coneixien i parlaven un idioma que no havien sentit abans, i es preguntaven si tal vegada tenia res a veure amb la ploma que els regalà l'ànec.

Capítol 3

Al cap de poc d'anar a botets, eixint i amagant-se com fan els conills, entropessà de morros amb una llebre que tenia el ventre de quadres blanc-i-negres i que baixava molt de pressa per la carena d'un turonet. Venia perseguida per uns caçadors que li llançaven unes estranyes fletxes amb una ventosa a la punta. Sense deixar-li badar boca, en un pessic el ficà dins el seu amagatall i li tapà la boca; pels voltants se sentien les petjades i les veus dels caçadors que buscaven atrafegadament; en no trobar-la, se n'anaren d'allí dient:

–Ja t'agarrarem, bandolera!

Bastant més tranquil·la, la llebre va mirar de dret en dret aquell cosí germà seu i li digué:

–Xe! Que bonic vas tot de blanc, tu!

El conill per contra es féu l'ofés i l'escometé:

–Bah! Deixa't estar d'afalacs i digues-me qui ets i per què m'has espentejat ací dins.

–Vaja, vaja!, el cara d'encisam! Bé, com em caus en gràcia, bola de neu, et diré que sóc la llebre dels escacs, les llebres som cosines germanes de vosaltres, els conills, encara que –i ací unflà una mica el pit–, som més àgils i astutes, i t'he espentat perquè si t'hagueren agafat eixa colla de galifardeus, ara tindries la panxa pintada de quadres negres, perquè els blancs ja els tens, i t'hauries convertit en un tauler d'escacs de viatge. Satisfet?

–I per què fugies? –era un preguntador de faena bona aquest Potaconill, i es veu que no estava satisfet.

–Oh! Perquè el rei volia jugar una partideta. Em posen de panxa enlaire i juguen a un extravagant joc que consisteix en una batalla imaginària per tal d'eliminar el rei enemic, la més estúpida de les peces; allí la que mana de veritat és la reina. Veges si és estrambòtic, que hi pot haver més d'una reina; els peons, les peces més humils, poden convertir-se en reines si aconsegueixen coronar la rereguarda enemiga. Mentre les fitxes estan quietes tot va bé, però quan emprenen a trafegar amunt i avall per la meua panxa, em fan cosquerelles i aleshores no em puc estar d'enviar-ho tot a pastar fang. Les partides

es fan interminables; cada volta que envie les fitxes, partida nova. Com que ningú no es recorda d'on estava, tots els peons diuen haver coronat, amb la qual cosa tenim una multitud de reines que manen, fan i desfan; allò és de veure, xicot, comencen a discutir i van pujant el to, és aleshores quan el combat deixa de ser imaginari i es passa a l'acció, les nyesples van que volen, alguns es refugien en les torres, però no els val la casa santa, perquè quan arriben els cavalls, en un parell de guitzes, torres a pastar fang. Les reines autèntiques, llavors es posen a cridar històricament intentant posar ordre, allà va tot coll per mànega. Els que infal·liblement s'emporten la pitjor part, no sé per què, són unes peces dites alfils que a la fi de la batalla sempre acaben amb un gran tall en el cap, semblen vidrioles els pobres.

Quan un dels dos bàndols està guanyant l'altre és llavors que el poregós del rei, que durant tota la contesa ha anat amagant-se rere les seues peces, crida allò tan famós de: «La partida per un cavall!». I ací acaba la baralla. Les primeres vegades encara era divertit, però com que sempre és el mateix, en el moment en què puc, agafe el portant i me l'arree corrents.

–... Com has arribat tu fins ací?

El conill, abans de res, li presentà la seua amiga la mosca i tot seguit li contà com havien arribat fins a les costes d'aquella terra tan desconeguda per a ells.

–Per cert, encara no havíem arribat i ja un gran drac marí amb cara de tòtil i verd com una granota es preparava per a sofregir-nos.

–Ah! Devia ser Nasfumat, no en faces cas, pobre animaló. Està tota la vida esperant eixugar-se prou per a poder tirar foc per la boca i no ho aconsegueix mai; una vegada que la mar estava com una bassa d'oli de quieta perquè s'havia barallat amb els vents, ho va aconseguir, i saps què féu? Doncs es tirà ell a l'aigua! No sabia què fer amb aquell foc, el molt cara de nas!

Estigueren allí xarrant animadament fins que les parpelles els pesaren tant que a les palpentes se n'hagueren d'anar a dormir. Havien decidit passar una temporada a casa de la llebre dels escacs, que tan gentilment els hi havia convidats.

Capítol 4

Al matí següent, després de descansar del viatge, la llebre se'ls emportà a ensenyar-los els voltants del seu cau i el bosc que es veia a prop; de pas l'ensenyaria a córrer i a amagar-se, coses que el conill, de vida regalada, no havia tingut oportunitat d'aprendre ben bé. A penes eixir del cau, amb el cel d'un blau resplendent i un sol que feia botar les pedres, descobriren dalt d'un penyal una àguila que els mirava malèvolament mentre es pintava les ungles de colorets. El conill, instintivament, descobrí en aquella mirada alguna cosa que no li agradava i féu un gest que reflectia la desconfiança que aquella au li produïa.

–Bah! No passes pena, fins que no acabe de pintar-se les urpes no s'ocuparà de nosaltres. A més, segurament no li agradarà com han quedat i potser tornarà a pintar-se-les.

Anaven caminant per la garriga, que era on vivia la llebre, i de tant en tant saludaven algun dels estrafolaris veïns d'aquesta; així anava quan en una recolzada del camí, darrere d'una argelaga, sentiren plors. S'acostaren cap allí i, apartant l'arbust, van veure una insòlita criatura de forma irregular que plorava desconsoladament i a mesura que plorava anava fent-se més i més menuda

–Ah! És un ploramiques –digué la llebre amb un cert aire de suficiència.

–Bo, i què és un ploramiques?

–Aquests animalets passen el dia plorant i bevent per qualsevol cosa, quan plou perquè plou, quan fa sol perquè fa sol, igual els té, la qüestió és plorar. De vegades ploren tant que es desfan en un bassal d'aigua, per això cal ser molt primmirat amb el que et beus; si alguna vegada, en anar a beure, veus al fons uns ullets, allò és un animalet d'aquests massa ploricó.

–I què passa si te'l beus?

–Són molt indigestos, a més parlen en somnis i una vegada en la panxa no fan una altra cosa que dormir.

Continuaren camí avant per un viarany estret, que discorria entre argelagues i coscolls, fent els mil i un revolts; després d'un curt lapse de temps s'adonaren que estaven pegant voltes pel mateix lloc.

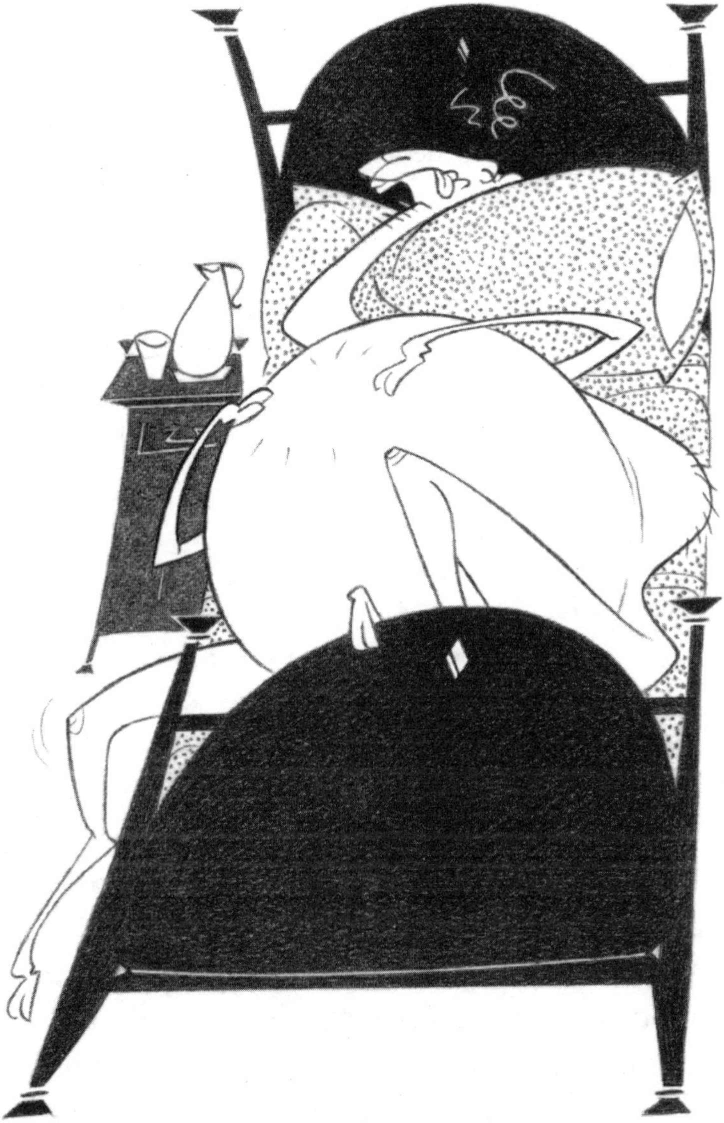

–Vaja, ja ens hem perdut –digué amb desgana la llebre; seguidament es ficà les mans a la boca i xiulà amb totes les seues forces.

–Per què xiules tan fort? M'has ensordit.

–És perquè vinga el traçacamins que ha fet açò. És una bèstia que es dedica a fer sendes laberíntiques que no porten enlloc, les fa tan intrincades que una volta dins és dificilíssim trobar l'eixida.

Estava dient açò quan una fera d'aquelles isqué de darrere d'un matoll. Tenia una gran trompa en forma de pala i fent un gran estrèpit s'arrimà cap allí. La llebre va traure dues safanòries i li les donà; sense dir-ne ni mitja, es girà pesadament i es posà a guiar-los. Tardaren un poc a trobar l'eixida perquè aquell traçacamins ja estava un poc vell i li fallava la memòria.

–I per què fan eixos caminois?

–Oh! Per guanyar-se la vida, no saben fer cap altra cosa.

–I no es queixa ningú, mai no els fan res?

–Oh no! És divertit perdre's de tant en tant.

Una volta fora del laberint veren que es trobaven al costat del bosc i s'hi endinsaren. En aquella boscúria ombrívola i humida d'arbres atapeïts, els ocells refilaven dolçament per dalt les branques més altes. Tot era tranquil i ple de remoretes que se sentien distants. Caminaven a pleret quan, de colp i volta,

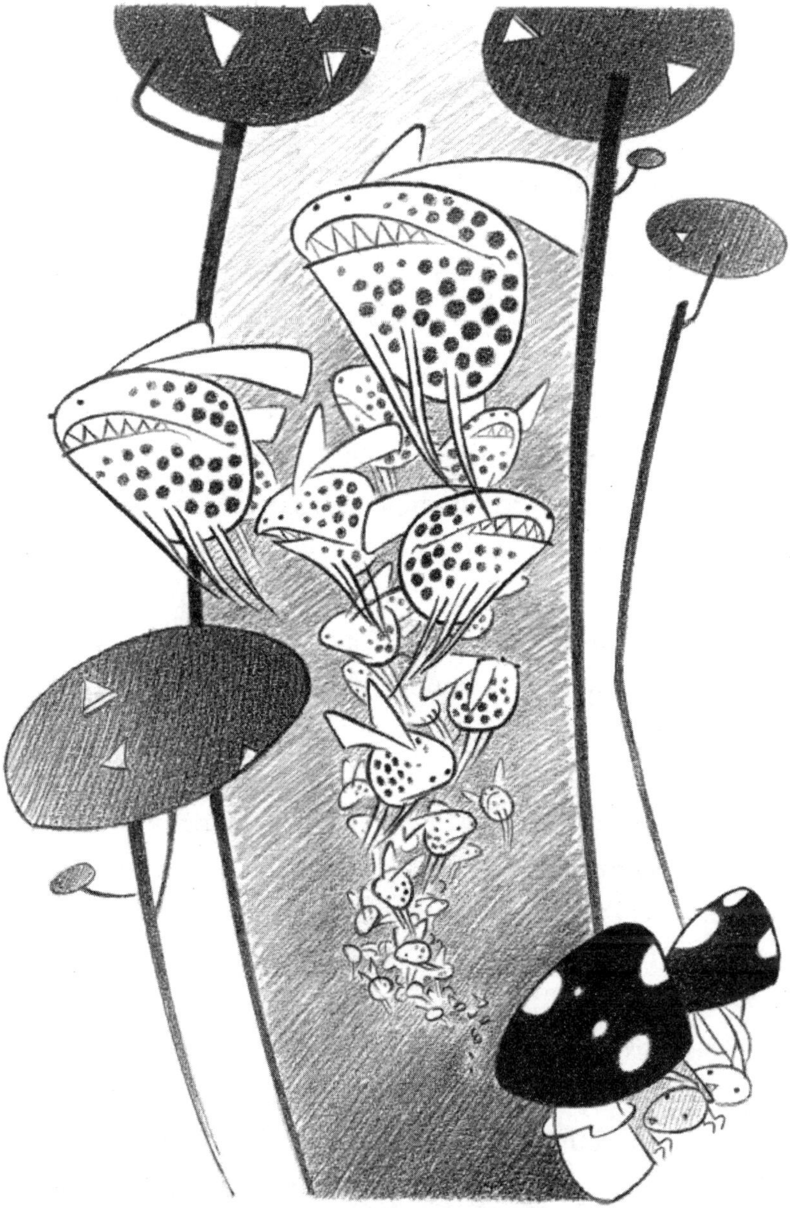

d'un roure amb les fulles ja groguenques, d'improvís, fent un gran aldarull, una legió d'animalets començà a caure'ls al cap. N'eren milers, més xicotets que les puces i que s'amagaven als cabells.

–Ostres! –cridà la llebre dels escacs–, els embolicofis! Ràpid, correm cap als bolets rojos!!!

Isqueren disparats cap als bolets rojos amb pigues blanques que creixien sota els faigs, perquè l'olor d'aquests feia fugir aquella mainada de bestioles que no tenien cap altre divertiment que fer nusos i trenes als monyos dels que passaven a prop; en un moment iniciaren la fugida cridant horroritzats i queixant-se de la gent que no entén l'art de la perruqueria. Hagueren d'estar una bona estona desfent-se els nusos que en tan poc de temps havien aconseguit fer-los aquella colla de perruquers del dimoni.

Reprengueren el camí i feren cap a una clariana del bosc on, just al bell mig, dues serps discutien acaloradament, tan acaloradament que anaven a mossos l'una amb l'altra.

–Per què es barallen aquestes dues serps?

–Oh! No. No són dues serps, és una sola, el que passa és que té dos caps, un a cada extrem del cos, amb dues personalitats diferents i mai no es posen d'acord: si una vol enfilar-se a un arbre l'altra vol excavar un túnel, si una vol anar cap al nord, l'altra cap al sud, fins i tot canvien d'opinió en un no res i una passa a sostenir el criteri que feia un moment sostenia l'altra, i al contrari. De tant en tant, descansen de tan baldades com estan i per curar-se les nafres, però de seguida s'emboliquen una altra vegada.

–No deuen ser perilloses?

–Sí, molt. Però són molt fàcils de reduir, sols cal tirar-los quatre trossos de menjar, dos a cada cap. En tindre més d'una opció, ja no saben què fer. No tenen capacitat de decisió, es queden atarantades mirant una cosa i una altra successivament sense acabar de decidir-se mai, i és ben cert que es moririen de fam si no fóra perquè un ocell que viu en un arbre de vora ací, se'n compadeix i els furta la meitat del menjar. Damunt s'emprenyen, aquests trossos de bèsties!

Capítol 5

Deixaren allí la serpota o serpotes, mirant-se alternativament els quatre bocins de menjar i passaren de llarg. Després d'una estona isqueren del bosc i seguiren passejant; xiulaven i anaven botant a peu coix i de sobte, parara-pa-rara-papa-papaaa!!! –sonaren uns clarins i s'alçà una gran polseguera.

–Ostres! Els soldats del rei! Amaguem-nos-en!

–De res et servirà llebre de l'allipebre –digueren dos soldats per darrere, al mateix temps que els llançaven una xarxa metàl·lica per damunt. La llebre provà de rosegar-la com altres vegades havia fet, però aquella vegada no li valgueren les dents. Els ficaren en unes gàbies plenes de barrots i se'ls emportaren al castell.

El rei, tot impacient, es passejava amunt i avall

fregant-se les mans nerviosament. Feia tres dies ja que estava així esperant poder jugar una partida.

Quan arribaren, al seu costat estava la seua filla, que era molt rebonica –com totes les princeses–; malgrat això, tenia cara de bleda mústia. El rei es posà molt content quan va veure el que li portaven. De seguida es disposà a jugar una partida. Així que va filar el conillet, ordenà que li pintaren la panxa de quadres.

–Sempre és bo tindre un tauler de recanvi!

La princesa, abans que l'empastifaren, el demanà a son pare, primer tota moixa i després amb tan grans plors i rabioles que son pare no tingué un altre remei que donar-li'l, ja que l'última plorera li havia comportat una setmana d'insomni.

El conillet, que estava tot esporuguit, tremolava com una campaneta i no feia cas de les recomanacions de Picapoc, que li deia que s'animara. Encara que pensava que era millor estar en mans de la plorona, no les tenia totes.

La princesa se l'emportà a la seua cambra i allí li llevà la ploma que li havia donat l'ànec i es posà a pentinar-lo i raspallar-lo acuradament; en un instant l'omplí de llacets de color de rosa. La mosqueta, que ho veia tot des de darrere l'orella, es moria de riure, i el conill de tant en tant li pegava un escardussó perquè callara.

Quan ja estava tot enflocat i lluent, la princesa el deixà a terra i li agarrà les potetes del davant per tal que caminara amb les de darrere.

–Ja estem! I quina mania! Els conills estem fets per a anar de quatre grapes, i no per a fer bogeries i estupideses d'aquestes! –va dir el conill a aquella princesa plorona, tot seriós i enutjat.

La princeseta, que no estava acostumada que la contrariaren, es va quedar mig atabalada, però ràpidament se sobreposà i encetà un plor d'aquells que feien història, plorava esbalaïda i fent grans extrems.

Potaconill es llevà tots els adornaments, arreplegà la ploma i lligant totes les cintes dels llaços es féu una corda; mentre aquella plorava com una font, va esmunyir-se cap al jardí per una finestra i quan va fer peu a terra, cametes ajudeu-me!!! Anava que se les pelava de cara al bosc; encara no havia arribat a l'arbreda quan va veure que per la porta eixia a tota velocitat, zigzaguejant, la seua amiga la llebre i de seguida, darrere d'ella fent un gran escàndol i entropessant amb les armadures, un escamot de soldats a cavall perseguint-la. Com que la llebre era més ràpida que ell, prompte es trobaren en una clariana del bosc, i després d'un ràpid comiat, cadascú pegà per un costat, així els soldats haurien de dividir les forces i seria més difícil que els trobaren.

Corria com un llamp, fent botar les pedres i les branquetes, quan, a la impensada... Zas! Pum! De cop i volta es va trobar penjat d'un arbre dins d'un filat en una de les múltiples trampes que tenien parades per a la llebre.

Prompte l'arreplegaren i el portaren al castell; en arribar-hi es trobaren una gran festa, la gent ballava d'alegria: el condemnarien i allò sí que seria divertit.

Aquella mateixa vesprada se celebrà el judici a la plaça pública. Va ser un judici molt especial. L'advocat defensor era una serp muda que en lloc de defensar-lo, es defensava com podia dels insults i de les pedrades de la gentada que s'havia congregat en la plaça; cada judici li costava un mes d'hospital, al pobre animaló.

El rei, que era fiscal i jutge a la vegada, com que no trobava arguments suficients en la defensa, el va condemnar a mort, decisió que va estar fortament aplaudida. Encara que, fent honor a la seua reputació de rei magnànim i justíssim, li donà una oportunitat de viure. Sols havia de realitzar una senzilla prova: havia d'escriure la frase: «No em tornaré a escapar». Allò no era gens difícil per al nostre conill, que tan ressabut era i sabia escriure més que un notari; allò complicat és que hi havia una clàusula que deia on havia d'escriure-ho: damunt l'aigua del riu! La gent tornà a aplaudir la decisió del rei i comentava admirada la seua saviesa i justícia quan se'n tornava a casa pegant-se colzadetes.

Aquella prova havia de fer-se al matí següent, i en cas de no superar-la, el conill seria sofregit amb alls i ruixat amb vi i serviria de menjar per al rei al migdia.

Capítol 6

Després del judici el tancaren en una gàbia de barrots metàl·lics que estava col·locada a l'interior de dues gàbies més grans. Allí estava tot capficat i cellajunt el conill, pensant com s'ho podria fer, quan sentí soroll de passes que s'acostaven; era un soldat més lleig que un pecat que en arribar a les gàbies s'ajupí a la seua altura i li digué:

–M'envia el rei per comunicar-te que, com que serà la teua última nit, pots sopar el que vulgues, al teu gust. Ah!, i que ho faces abundosament perquè segurament demà estarà famolenc! –digué entre riallades.

El pobre Potaconill ni el mirà, se li n'havia anat totalment la gana. El soldat estigué esperant-se una estona i ja se n'anava quan Picapoc mussità una cosa a l'orella del conill, i aquest el cridà:

–Eh! Soldat!

–Què?

–Vine!

–Què vols?

–Vull una bona platerada d'ensalada per a sopar, però no la porteu adobada, que em duguen els setrills de l'oli i del vinagre i jo me l'adobaré.

Al soldat li estranyava una mica que el conill s'adobara l'ensalada, però malgrat això féu l'encàrrec, i al cap de poc ja estava allí amb la platerada i els setrills. El conill sopà abundosament, com li havia recomanat el rei, i sense que el guardià se n'adonara s'amagà el setrill de l'oli. El soldat, quan hagué acabat, li retirà la platera i no s'adonà que mancava un setrill. Quan se n'hagué anat el soldat, ell es gità a dormir. Dormí tota la nit d'una tirada. Al matí el despertaren a tocs de clarins, i una nombrosa escorta de soldats el dugué fins al riu. El rei havia fet allí un tancat i cobraven entrada a tot aquell que volguera presenciar la prova. El preu era molt elevat però, tot i això, una multitud de gent i feram s'havia concentrat a la vora per veure-ho.

Hi havien col·locat una taula amb tota mena de tintes i de plomes per tal que triara, però Potaconill no en volgué cap. Agafà la seua ploma màgica, va traure el setrill d'oli, la sucà ben sucada i sobre la superfície de l'aigua, ràpidament escrigué: «No em tornaré a escapar».

–Oohh!!! –va ser l'exclamació general. Tothom es va quedar embadalit de veure com aquell conillet blanc li l'havia feta, al bergant més gran del món. Però com que el rei era això, un bergant, i estava rabiós, va dir sorneguer:

–Bo, ja que dius que no et tornaràs a escapar, t'ajudarem a complir-ho. Que el tanquen a la Gran presó fosca!

El pobre conill –ja us ho podeu pensar– es va quedar tot despagat, mirant com aquell reietó de la tavella li havia fet una altra de les seues passades.

La Gran presó fosca era un elefant colossal que, en presentar-li davant el conill, se l'empassà d'una xuplada amb la seua formidable trompa. Ell anà fent tomballons recorrent llocs estrets i relliscosos fins que arribà a un espai molt ample. Tot estava fosc i en silenci quan, tot d'un plegat, un tric! i un grapat de cuques de llum s'il·luminaren i tots els que eren allí, que eren un bon munt, es ficaren a cantar i ballar al voltant de Potaconill: era una benvinguda. Mal que bé aquella gent tenia moral. El sarau durà un bon parell d'hores. Després s'assabentà que l'elefant era la presó més segura del reialme i fins que no defecara, cosa que feia una vegada al mes, no eixiria d'allí. A més, cada vegada n'evacuava uns tres o quatre i anaven eixint per rigorós torn. Així a ull, comptant els que hi havia, calculava que tenia per a deu mesos almenys.

Pensatiu, es va recolzar en una d'aquelles llefiscoses parets. Inconscientment es tirà la mà a la ploma, la mirà i se li acudí una idea: podia provar de fer-li pessigolles a l'elefant. Agafà la ploma i acaricià el sostre del lloc on es trobaven, tímidament; no passà res. Ho tornà a fer, ara menys delicadament i un poc més seguit; el monstre féu una lleu convulsió, continuà fent-ho i la bestiota mamprengué a riure i a convulsionar-se. Cada vegada ho feia més de pressa i les sotragades eren més fortes; allò semblava un terratrèmol, tots anaven a redolons per allí dins fins que:

Un bràmul atronador, un pet formidable i... tots fora! L'elefant havia esclafit de riure i es desféu en vint-i-tres mil set-cents vuitanta-un trossos.

El tro s'havia produït de nit; entre la confusió i l'obscuritat, la majoria dels presoners pogueren escapar-se, entre ells –no faltaria més sinó– Potaconill.

Isqué del recinte emmurallat i en aplegar a un barranc s'allunyà per la riba en direcció a les muntanyes. Era un bon lloc per a fugir, perquè estava tot ple de bardisses i canyars i s'hi podia amagar d'allò més bé.

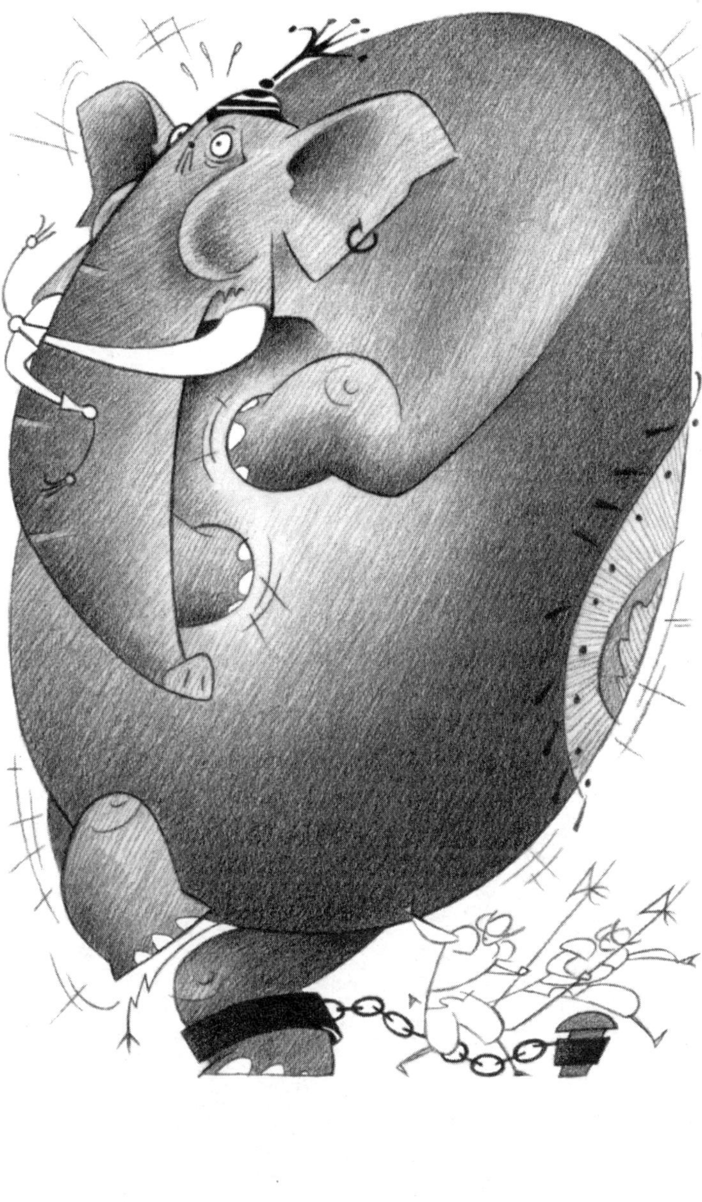

Capítol 7

Després de córrer llargament, amb el lleu fora, va parar a la vora d'un dacsar per descansar un poc.

Darrere el dacsar, sobreeixien set torres altíssimes i punxegudes que s'alçaven al cel majestuoses. Rodejà el dacsar i es va quedar bocabadat en contemplar el palau al qual pertanyien les torres. Tenia, a més, nou torres més baixes, coronades per cúpules daurades. Des d'allí es distingien perfectament les parets i la resplendor dels cristalls de les tres mil finestres que, com a poc, devia tindre aquell palau.

Allà estava meravellant-se d'aquella immensa joia quan un corb, negre com la nit, baixà al dacsar, pinçà una panolla i mamprengué a menjar-se-la amb fruïció.

Com que no va fer cap mostra de sorpresa ni d'avergonyiment, el conill pensà que aquell dacsar devia ser del corb, i que ja que tan prop estava del castell, li sabria dir qui hi habitava, de manera que acostant-se al corb que devorava que feia goig, li espetà:

–Que potser és vostre aquest dacsar, senyor...?

–Corbí Carbó, per a servir-me a mi i a vosté si és ben pagador! Considere meu tot allò que puc agafar amb el bec, senyor...

–Potaconill. I em sabríeu dir qui viu en eixe palau? –digué assenyalant darrere, on ell havia vist el palau.

–Quin?

–Com que quin? Quin voleu que siga? Eixe! –i girant-se assenyalava aquell esplèndid edifici de les torres i les cúpules.

–Que hi veu vosté, un palau ací davant? –preguntà el corb després de desullar-se mirant cap a on indicava el conill.

–És clar que sí, per què li ho diria si no?

–I com és?

Potaconill inicià una detallada descripció del palau que tenia enfront; abans d'acabar, el corb l'interrompé:

–Això que veu no és real, és un simple reflex del castell de veres que ningú sap on para. Els éssers que

habiten en eixe que tu dius que hi ha ací davant són purs reflexos i en qualsevol moment poden esvair-se.

Mentre ells parlaven, la mosca, que com una llepassa continuava rere l'orella del conill, donant mostres d'un gran coratge, se n'havia anat en direcció al palau, però en menys del que costa fer un sospir ja estava de tornada. Venia tota espantada dient que no es reflectia en els espills que hi havia en aquell castell –veritat que era un poc coqueta?–, i que en un moment havia vist desaparéixer i aparéixer almenys vint vegades una estufada dama de negre; en tirar a eixir d'allí precipitadament, no havia trobat l'eixida ni cap finestra oberta; en intentar posar-se en la paret per reflexionar com podria eixir, comprovà que podia travessar-la perfectament, que no hi havia paret, era una il·lusió.

–No us emboliqueu, tireu cap a un altre costat –els digué el corb i continuà cruspint-se la panolla.

De totes maneres, el conill, cabut que cabut, volgué assegurar-se ell mateix del que li deien la mosca i el corb, semblava tan real aquell palau... i cap allà que se n'anà. Entrà per una porta que hi havia oberta i es trobà davant d'ell una escala, se'n pujà i quan era al primer pis... Xas!!! L'escala, les finestres, els quadres, el castell sencer va evaporar-se davant dels seus nassos, i així, va caure a plom des del primer pis. Estava examinant la magnitud de les blaüres quan va veure per damunt seu una forma femenina que entre tuls es desplaçava per l'aire. Era esplèndida, dels seus llargs cabells naixia un nombre imparell de cintes platejades, no més de set vegades set, que refulgien en ser besades pel sol. Cadascuna d'aquelles cintes portava a l'extrem un signe, cap d'aquests era igual que els altres.

La figura s'allunyà cap a ponent i el conill se n'anà darrere. No sabia d'on treia forces, ple de moradures i extenuat com estava, però és el cas que ell anava darrere la figura, que tampoc no corria massa i que, de vegades, semblava com si l'esperara. Al capdavall, després d'un llarg camí, el conill va coronar el cim d'una muntanyola des d'on s'albirava el castell de les set torres; en aquell moment, la figura femenina es disparà com un llamp, i en arribar-hi s'introduí per una de les finestres.

El conill i la mosca s'encaminaren cap al castell i arribaren a poqueta nit.

Capítol 8

Allà hi havia un fandango de *mitja cama,* el rebombori i l'escàndol se sentien d'una hora lluny.

En entrar, amb «la mosca darrere l'orella» per si no era aquell el castell de debò, va trobar-se amb tres greixuts porquets cara-redons que perseguien un llop famèlic, amb no molt bones intencions. Allí mateix, una nena que duia una caputxeta vermelleta li havia estampat una gerra de mel en el cap a un altre llop, que es llepava els dits tot llépol, mentre li deia:

–Tin! Ja la tens! No la volies? So plepa! Doncs ja la tens! Que et faça profit!

Una princesa –se sabia que era una princesa perquè ho duia escrit darrere en un cartell– d'uns quinze anys anava per allí amb un fus a la mà amb el qual punxava tot el món; a tot aquell que punxava l'adormia; quan en tenia un bon grapat adormits es dedicava a fer-los cosquerelles, fins i tot feia carreres per veure si podia fer-los riure tots alhora.

Amb aquell espectacle, del qual sols descric una petita part, el conill degué pensar que era una gent una mica *especial* i per cridar l'atenció de gent tan enfaenada, féu un agut crit de conill:

–Hiiiiiiiiiii!!!!!!!!!

Tot el món es tapà les orelles i miraren allà d'on eixia aquell crit estrident. En adonar-se que un nou personatge havia entrat, tots interromperen les seues activitats i anaren a observar-lo. L'increïble escàndol es transformà sobtadament en un silenci expectant.

–Ostres! Un conill blanc! Crideu el conill d'Alícia, ell s'hi entendrà millor –digué algú.

Avisaren el conill d'Alícia, que estava tot atrafegat trencant rellotges i no s'havia assabentat que hi havia un nouvingut. S'acostà on estaven tots i, cridant amb totes les forces –allà ho arreglaven tot cridant–, féu callar aquella colla de personatges destrellatats que estaven fregint a preguntes el conill.

–Hola! Jo sóc el conill d'*Alícia en el país de les meravelles.*

–Jo em dic Potaconill.

–I per què t'ho dius? És que no et coneixes i per això et crides de tant en tant?

Davant una pregunta així el conill es va quedar tallat i no va saber què respondre; l'altre conill –el d'Alícia– tornà a preguntar-li:

–I de quin conte has eixit?

–Encara no he eixit de cap conte, estic en un que escriu un nassut de Massanassa –hola lectors– i heu de saber que vosaltres també hi sou.

–Ostres, no! Una altra vegada a canviar d'activitats! –digueren tots a cor fent-se els desmenjats.

–Qui sou vosaltres?

«Jo sóc Peter Pan, nosaltres Hansel i Gretel, jo Pinotxo, jo..., jo..., jo..., jo..., jo..., jo...,» tots intentaven identificar-se alhora fins que el conill d'Alícia, sentenciós, li digué:

–Som tots els personatges dels contes del món.

–I què feu ací?

–Mira –li va dir el conill agafant-lo del braç i emportant-se'l mentre els altres tornaven a la seua, tots tenim una part bona i una altra de roïna, no? Doncs bé, de nosaltres sols se n'ha contat una, la bona o la roïna, i solament una petita part. L'altra, o millor dit les altres, havien d'estar en algun lloc, no? Doncs està ací, en aquest palau dels personatges imaginaris. Açò vist de la banda de fora pot semblar xicotet, però és tot un univers que va engrandint-se cada volta que algú ens visita. Com que ací no tenim cap paper per acomplir, ens dediquem a escriure'l nosaltres, som el contrari del nostre pobre i empresonat personatge del conte, condemnat a repetir sempre el mateix paper; fem totes aquella coses que ens vénen de gana i que ell no podrà fer mai. Tenim milers de possibilitats que es redueixen un poc cada vegada que, com ara, un contista ens empra per a una de les seues narracions, però les combinacions són infinites, sempre hi ha coses noves per fer. Queda't, et divertiràs!

–Ara no puc, he de tornar a l'illa per acabar aquest conte, però potser tornarem a veure'ns.

–Mm...

–Escolta! No hi ha per ací una dama amb els cabells amb moltes cintes i a cada extrem un signe diferent?

–Ah, sí! És nova també, ens farà de guia. Si vols, la trobaràs a dalt de la torre més alta.

El conill s'enfilà escales amunt i pertot arreu trobà coses d'allò més estranyes: ogres que jugaven al parxís, prínceps que es barallaven per una futilesa... i tot així, un pur disbarat; per cert que va ser una bruixa d'aquelles esdentegades, horribles i amb berruga al nas inclosa, qui li indicà amablement el camí de la torre més alta. Allà es trobà la dama de les cintes, que tenia la mirada perduda en la celístia.

En veure'l es llançà a l'aire. El conill, que volia saber qui era, es tirà escales avall, a tota velocitat per seguir-la. Baixava els graons de quatre en quatre i en un no res guanyà la porta del palau. En eixir la va veure surant en l'aire, refulgent, i pegà darrere. No pogué seguir-la i al cap de poc queia esbotifarrat; va perdre el coneixement de tan esgotat com estava.

Mentrestant, sense ell saber-ho, en el palau també es quedà un conill blanc, com ell, al qual li deien Potaconill, fent barrabassades.

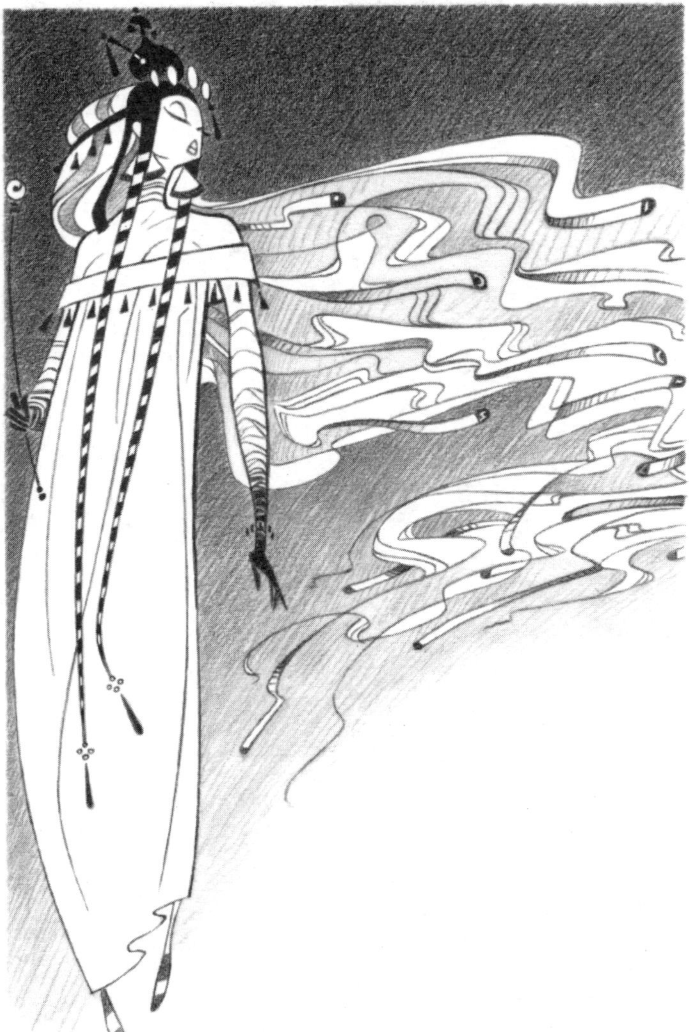

Als tres dies es despertà en l'illa dels conills blancs i s'adonà que els seus companys el cuidaven. Va veure també que s'havien llevat els peücs i els guants i que anaven de quatre grapes, cosa que el féu somriure de satisfacció. Intentà explicar-los el seu viatge però li digueren que de moment no fera esforços, que ja els l'havia contat Picapoc, la mosca (ja pensàveu que no em recordava d'ella, eh?).

–Com he arribat fins ací?

–Picapoc ens ha dit que vinguéreu amb l'ànec que arreplegàreu l'entretemps passat.

El conill mirà la mosca, que estava allí, vora seu, i aquesta li aclucà l'ull; féu dos vols d'exhibició i es col·locà darrere l'orella del conill. Després li contaria –a nosaltres també– que l'enigmàtica dama l'havia arreplegat i l'havia dut en els seus braços amorosament.

–Arribàrem de nit a l'illa i, a la llum de la lluna, et posà en terra i et passà tots els signes pel front dient coses que jo no entenia; en acabar et féu un bes al front i digué: «Des d'ara, exerciràs el noble art de contar històries». I se n'anà.

Ara el conill ja deu ser molt vellet, però, segons crec, encara conta fantàstiques històries als catxaps que se l'escolten extasiats. Si alguna vegada li falla la memòria, allà té la mosqueta, rere la seua orella –on tan abrigadeta diu que està–, per a recordar-li-ho.

Si alguna volta, per un atzar, passeu per l'illa, no us oblideu de saludar-lo de part meua... Gràcies.

ÍNDEX

Del mateix autor

Col·lecció
«El Micalet Galàctic», 12

A partir de 9 anys

Tres són les històries d'aquest llibre. Totes ben divertides i fàcils de rosegar. Hi trobareu un talpó a qui no deixen tranquil, un xiquet que desobreix l'origen de la paraula regalíssia i una divertida bibliotecària que s'ajunta amb unes rates molt civilitzades.

Del mateix autor

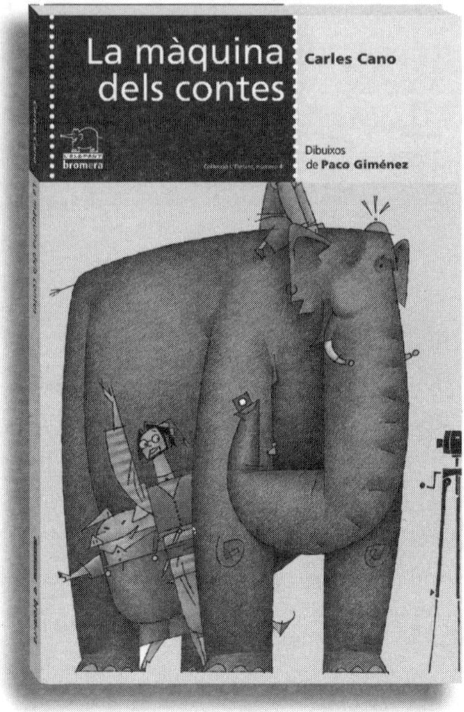

Col·lecció «L'Elefant», 4

A partir de 9 anys

Benipoquet és un poble menut, on no passa mai res d'emocionant. Un dia apareix a la plaça un artefacte estrany: una màquina de contes. A vegades, quan algú se li acosta, la màquina escriu un conte; el problema és que aquest aparell capriciós només escriu quan vol i a qui vol. A partir d'aquell moment, tot el poble de Benipoquet estarà pendent de la màquina prodigiosa.

Del mateix autor

Col·lecció
«El Micalet Galàctic», 84

A partir de 12 anys

El llibre que ara tens a les mans conté dues narracions fantàstiques sobre dos pobles llegendaris: els tuaregs i els víkings. Les aventures que s'hi narren no solament ens conduiran pel desert..., sinó que també ens faran arribar fins a Groenlàndia i descobrir l'origen de la Via Làctia.